정영남 시집

나 푸른 강물로 가리

지구문학

나 어릴 때 자랐던 고향은 유서 깊은 유원지로 드넓은 섬진강 상류, 새파란 강물 굽이굽이 물결치며 잔잔히 흐르고, 밤이면 강태공들 모여들어 밤이슬 맞아가며 낚싯대 드리우던 곳, 보성강 수력발전소를 이루는 댐 주위 파란 잔디 위에 아름드리 벚꽃나무 줄지어 섰고, 꽃 만발하는 봄이면 전국에서 몰려드는 인파로 축제 같은 나날이었다. 여름이면 댐 아래 강물에서 송사리 떼 같은 어린이들 이쪽저쪽 누비며 자맥질하던 곳, 댐 위에서는 시퍼런 강물 위에 배 띄워 휘영청 달 밝은 밤이면 장구치며 부르는 노랫소리 울려 퍼져 적막을 뚫고 아스라이 들리면 마루에 앉아 부채질하던 사람들의 발걸음도 들썩거려 강가로 향하였다. 한 겨울이면 강물이 꽁꽁 얼어 썰매 타는 인파들로 북적대던 내 고향에서 어린 시절을 보내면서 이 아름다운 광경을 글로 쓸 사람이 누구인가? 늘 궁금해 하며, 그 주인공이 나타나기를 간절히 기다리며 자랐다.

옛 시인들이 하나님을 찬양하며 자연을 노래하듯 내가 성장한 후, 어릴 적 추억으로 가슴에 묻어 두었던 고향을 시로 쓰기도 하였고, 머리 속에 맴도는 고향을 지금도 이렇게 노래할 수 있다는 게 얼마나 아름다운 일인지 모른다.

그런 아름다운 고향에서 자랐던 나를 아버지는 밤하늘에 별이 높이 떠서 어둠을 비춰면서 반짝이듯 남자로 태어났으면 별을 단 장군이 되어 나라를 위해 무언가 공헌하기를 바랐다. 그러나 아버지의 소원처럼 별을 단 장군은 못 되었지만, 이렇게 시집을 펴냄으로 장군이 되었던 것보다 더욱 빛난 일로 마음에 받아들이셨으면 하는 마음 간절하다.

또한 이 시집이 세상에 나오게 되어 먼저 하나님께 감사드리며, 이 한 권의 책이 나오기까지 정성을 아끼지 않고 도움 주신 모든 분들께 감사드린다.

그리고 이 책을 읽으신 독자 여러분의 많은 지도와 채찍 주시기를 간절히 바란다.

끝으로 졸저 《나 푸른 강물로 가리》의 해설을 분에 넘치게 써주신 시인이시며 문학평론가이신 李秀和 선생님께 깊은 감사를 올리며, 앞으로 더욱 노력할 것을 다짐해 본다.

2006년 9월 27일

경기도 군포 玉泉에서   著者

목차

제4부   내 이름 정영남

제7부　아침 해로 솟아올라라

작품해설

제1부 | 살아서 돌아온 서울의 심장

살아서 돌아온 서울의 심장

살아서 돌아온 서울의 심장
새파란 물줄기 다시 흐르고

고향 찾은 고기떼들 물살 가르며
모래는 水泡와 속살거린다

징검다리 건너니
거울같이 맑은 물 손끝 시리고

가장자리 물속에서
나팔꽃에 휘감긴 버들강아지 한들거린다

드높은 하늘에 꽃구름 떠가고
물결처럼 고운 바람 옷깃 스친다

끊임없이 춤을 추며 뻗어가는 청계천은
생생하게 흐르는 서울의 핏줄이다

한강

태백의 母川을 떠나

홀로 흐르며 살아온 강

굽이굽이 길을 내어

계절의 생명력을 잉태시킨다

한강은 한반도의 젖줄

국토의 대동맥

민족의 역사로 살아서 숨 쉰다

도라산

허리 끊어져 누워 버린 도라산

남과 북

부모형제 소식 알 길 없어

피를 토하는 듯한 애절함이

반세기를 이어 왔고

가시에 찢겨 살면서

걷어내지 못하고 한이 서린

저 녹슬은 철조망

비무장지대

북한 기정동 마을 인공기와

남한 대성동 자유마을 태극기가 마주보며 펄럭이는데

아직도 서로 총을 겨누고

서슬 퍼렇게 서 있는 슬픈 DMZ

우리는 언제쯤 도라산역에

통일의 깃발이 펄럭일런지

서울대공원 호숫가

풀벌레 노랫소리에
몸을 푸는 울창한 숲 속

물결 잔잔한 속삭임에
고기들의 밀어가 들리는 듯싶다

산야를 안고 도는 서울대공원 호숫가
바람이 스치고 간 언덕을
혼자서 걷노라니
어느새 그리움이 젖어든다

거울처럼 맑은 호수 위
흰 구름 사이로 해 설핏 나무그림자 드리우면
연인들의 발자국 소리가 짙어져 간다

파도타기

- S 보육원에서

시퍼런 바다에 날으는

나비 한 점

젖내음 그리워

물이랑 기울기울

어쩌다 핏줄로

세파에 던져진

피비린 사연들

사나운 파도 속에서

헤엄쳐 나오려고

가파른 숨결로 사생결단한다

한국 월드컵

- 2002. 6.

토끼가 잠자는 줄 알았지만

포효하는 호랑이로 일어섰다

미국은 무승부

포르투갈은 일대 영

이탈리아는 이대 일

스페인은 승부차기로

차근차근 밀어붙였다

하늘을 찌를 듯한 붉은 악마

사강의 깃발이 펄럭였다

오천 년만의 축제

정열의 나라

오! 필승 코리아

대~한민국 짝짝! 짝짝짝!

대~한민국 짝짝! 짝짝짝!

더욱 땀방울 짜내어

우승컵 높이 들어

온 세계 위에 우뚝 서자

다산 초당을 돌아보고

북두칠성은 제자리에 있건만

인기척 하나 없는

솔바람 소리만 들려오는 산기슭

망망대해 넘실거리는

파도 건너 흑산도를 바라보았다는 다산

물 한 방울 없어

수맥을 찾아 헤매다

발견한 약수인 '藥泉'

직접 차를 끓여 마시면서

외롭고 괴로운 나날들

百年大計 인재를 키우며

실학을 집대성한 산실에서 혼신을 다하여

오백여 권 책을 썼다는

다산 정약용 선생

지금도

인가 없는 만덕산 기슭에서

그때의 귀양살이를 말하려는 듯

쓸쓸히 서 있는 초당이

길 가는 나그네를 손짓한다

만덕산 : 전남 강진 소재

살아서 돌아와야 한다

지구가 살아갈 수 있는
생명의 모체인

바다

적조 현상으로
수십억 마리 어패류가 사라지고
버려진 슬러지로 바다 밑이
거대한 쓰레기장이 되어
식량의 寶庫인 대한민국 바다가
시름시름 앓고 있다

오염된 식수를 먹고
괴질에 걸리며
오염된 어패류를 먹고
인간이 죽어간다

금수강산을 다시 찾아

아름답게 살아가려면

썩은 하천과 오염된 강

죽어가는 바다가

살아서 돌아와야 한다

보름달로 떠오르는 친구

파아란 하늘에 흰 구름 떠가고
신록이 짙어져 가는 어느 봄날에
만났던 내 친구

하늘이 안은 가지에
빨갛게 익어가는 감처럼
우리는
언제나 편안하고 즐거운 대화가 무르익었다

힘이 없어
휘청거릴 때마다
나를 감싸주며
지켜주는 친구

평생을 함께 하기에
나의 가슴 가득 채우며
항상 보름달로 떠오른다

제2부 | 나 푸른 강물로 가리

나 푸른 강물로 가리

당신은 언제나 푸른 강물입니다

목마른 나에게

생수를 먹이시고

사월의 포근한 햇살로

살포시 껴안아 주셨습니다

젊은 날의 고운 꿈

이루지 못하고

가냘픈 어린 것들 팔에 뉘여

옛이야기 들려주며

힘들어 할 때

당신은 내게 말씀하셨습니다

"발목만 물에 잠긴 네 모습을 보라"

당신은 나에게 푸른 강물입니다

가슴과 머리까지 푹 잠겼으면 좋겠습니다

하고 싶은 일 제대로 하지 못하고

부화를 기다리는 어미닭 같은 심정으로

오래 참고 살아갈 때

피보다 진한 것이

사랑이라는 것을 알게 하신

당신은

나에게 푸른 강물입니다

마음의 窓

보랏빛 무지개를 보다가
어느 날은 짙은 안개 속에서 서성댄다

말씀 속에 계시며
어둠을 헤치고 등불을 밝히신 당신을
날마다 바라봅니다

새벽 이슬 내릴 때부터
밤이 깊도록
내 마음은 당신을 향해
창문을 열어 두고 있습니다

소망

주님 흘리셨던

골고다의 붉은 빛 한 자락

내 뼛속까지 물들게 할 수는 없는 일일까

주님의 못자국난 흔적을

내 몸에도 가질 수는 없는 일일까

내 손과 발을 쓸 수 있을 때까지

쓰러져 가는 영혼을 일으키는 발걸음이고 싶어라

못 박는 소리

땅! 땅!

당신 가슴에 못 박는 소리

두 손

두 발에

피를 흘리시다

뚝! 뚝!

당신은 내 입에

피를 떨어뜨리시고

두 손

두 발에서

피를 흘리시다

당신의 목은 꺾이어지고

나와 인류를 살리시다

十字架를 지고 가다

골고다의 언덕 위에

잡초처럼 일어서는 허위와 위선

죄를 대신하여

피를 흘리며

十字架를 지고 가다

해금강 바위 尖端 십자가

거제도 해금강 기암절벽
하늘이 찔리는 공포스러움

아슬아슬 드높이 솟아 있는
기암괴석 사이로 들어가는
유람선의 몸짓은 수달처럼 예쁘다

하늘이 안은
네 개의 바위 첨단
십자가로 수놓아 아스라이 드높다

인류를 살리신 예수님의 흔적
거제도 해금강 바다 위에
고스란히 떠 있을 줄이야!

제3부 | 초록빛 암개구리

초록빛 암개구리

숲 속 연못가에
올챙이 시절에도 깊은 곳 어디든지
마음껏 다니면서 자유로이 살았던
초록빛 예쁜 암개구리

어느 날
싱그러운 잔디밭으로 뛰어드는 순간
혀를 날름거리며 슬슬 노려보는 뱀들 앞에
한숨을 짓다가

순식간에
뱀 등으로 뛰어 올라
푸른 숲 속 휘저으며
휘파람 불고 다닌다

혼자서 산책길 걷던 날

돌돌 흐르는 도랑물
숨소리 죽여 가며 멈춰 버리고
쌓인 눈 속 새파란 보리
소리 없이 잠을 자네

햇살도
회색 구름이 빨아들이던 날
시퍼런 바람은 칼날로 살을 베고
온몸은 눈덩이로 굳어져 가네

음력 섣달 그믐날 오후
줄지어 선 차량들
고향 찾아 가건만

북적대던 산책로
정적을 깨며
수북이 쌓인 눈 위에
내 발자국 소리뿐

독수리

독수리가

개를 먹이사슬로

조준거리 안에 넣고

푸른 하늘 활개 치며 곡선 비행한다

태풍의 눈 몰아치니

날개가 꺾이고

벼랑으로 추락하여

머리를 조아리고 개미 다리 핥고 있다

들녘에 鶴 한 마리

무성하게 자란 벼
푸르름이 더하는데

긴 장마에
한 잎 두 잎 冷害 짙어 가더니
온 들녘에 번져 도열병으로 신음한다

다 이즈러진 벼농사
농부는 구슬땀으로 비틀거리며
벼를 일으키는 들녘의 구부러진 鶴 한 마리

보성 녹차밭

울창한 삼나무로 둘러싸인

오선봉 언덕

굽이굽이 물결치듯

밭이랑 이루어

경사로 줄지어 선 녹차 나무들

태고적 신비 살아 숨 쉬고

사십오 년 땀방울 엷은 이파리

초록빛 향기

날개 달고

온 세상으로 날아가거라

三伏

지구는 人蔘밭에서 三伏의 神曲을

팅기면서 불을 지피고 있다

닭들은 부리를 벌리고 꺽꺽거리고

개들은 혀를 빼고 헐떡거리고

태양은 지구를 가마솥처럼 벌겋게 달구고 있다

유황불처럼 지글지글 끓고 있는

이 三伏의 언덕을

살아서

나와 같이 넘어가자구나!

화진포 별장

파란 바닷바람은

철쭉꽃 저리 붉게 피워놓고도

부질없는 일, 부질없는 일

돌아선 침묵이다

한 때는 나는 새도

떨어뜨린 화진포 별장

철쭉꽃만 불붙어 타는

화진포는

고풍스런 풍경화로 말이 없다

화진포 별장 : 전 부통령 이기붕의 별장

관악산 오솔길

비밀의 깊이만큼

낙엽이 쌓여 있는

관악산 오솔길

煥이의 눈빛은

가을 하늘 햇살이었다

솔바람이 불어올 때마다

관악산 위 하늘빛은

그리움으로 가슴 뛰게 하고

낙엽은 내 비밀처럼 쌓여만 가는

관악산 오솔길

상처 난 물고기

- 노숙자

거센 물살 가르며

구만리 푸른 바다를

들이마시며 휘젓고 다녔는데

지느러미로 날으던 지난날은

수평선으로 멀어지고

상처 난 물고기

험한 바다에

외로이 떠다닌다

떠나는 고향

장맛비는

하늘이 뚫린 듯 퍼붓고 있는데

깊은 잠에 빠져 들었다

수문 열겠다는 사이렌 소리가 적막을 깨고

보성강 물 한꺼번에 쏟아져 해일처럼 밀려들더니

온 집이 흔들거려 어린 것들 데리고 목숨 걸고 나왔다

오십년 백년 내려온 손때 묻은 모든 것

흙탕물 속으로 가물가물 사라졌다

오갈 데 없는 석둘 동네 사람들

대대로 살아왔던 터전 돌아보며

살 길 찾아 모두들 고향 떠났다

석둘 : 전남 보성군 겸백면 소재

수남교회

어릴 때 다녔던 수남교회
지붕 위에 물빛 하늘은
성가대의 합창 소리로 옛모습 살아 나오고

내 발자국은 정막을 톱질하는
매미 울음소리에
둥둥 떠내려가고 있었다

어디로 가야
그때의 얼굴들을 볼 수 있을까

수남 마을
교회 옆집들의 지붕 위에
잡풀들만 무성하다

수남교회 : 전남 보성군 겸백면 소재

갈대

순천만 갈대밭은
술보다 바람을 더 좋아하여
비틀거린 맛에 사는 바람둥이

아무리 세게 밀고 당겨도
끝내 넘어갈 듯하다 일어서는 건달

은 꽃가루 휘날리며 손짓하는 미소로
바람이 불면 또 몸을 비튼다

노을빛 타는 속에
피리 부는 악사
이만하면
건들건들 멋쟁이 기풍 아닌가

작달비 맞고 나선 날

태양은
번뜩이는 칼을 숨겨두고
여행을 떠났는가
거리에는 작달비 독무대다

우산 들썩이면
산성비는 송곳처럼 찔러대고
시름시름 앓던 신기천
탁류로 밀고 간다

산책길 인파에 신음하던 꽃들
일시에 입을 벌리고 야단났다

빗줄기
화살로 퍼붓는 전쟁터에서
유독 연분홍빛 백일홍은
나비 사랑에 빠져 있다

개미 하나 얼씬하지 않은 산책길

외로운 내 우산 하나

작달비에 으깨지며

사나운 비바람 속에서

숨은 詩를 찾아 헤매고 있다

산책길 : 경기도 군포시 소재

백목련

등불 밝혀 든 정원
굳은 裸木을 뚫고 웃는 봄의 女王
아니
하늘에서 내려오는 백의천사들의 속삭임이여!

하얀 살갗 흠집 내려
黃砂 꽃샘 잎샘 몰아치지만
정절 굽히지 않는 화사함으로 언제나 정숙하구나!

행여 시들거나 변질되어 떠나지 말아다오
나는 미소 지으며 너만 바라보고 싶단다

내 가슴에도
언제나 티 없는 백옥 같은 목련으로
눈부시게 피어라!

무화과나무

잎 피고 열매 맺고

화분 시집살이 십오 년

노랗게 익은 家風

알알이 가득하여

연하고 부드러운 달콤한 法度

더 많이 얻고자 정원에 심었더니

함박눈 퍼부어

다시는 여린 잎 돋지 못했네

십오 년 정성

흔적마저 보이지 않아

연민의 정으로 가슴 에이네

비 오는 날

비 오는 날이면
나는 옥상으로 올라간다

어릴 때
아버지가 비를 맞으며
삽을 어깨에 메고 논에 나가서
자란 벼가 다치지 않도록
물꼬를 툭툭 터주면서
이 구석 저 구석을 서성거리듯

나도 빗줄기를 맞으며 옥상을 맴돌면서
막힌 곳
장애물을 걷어낼 때
비 맞은 왜가리가 울며 날아가고 있었다

샌프란시스코 딸집에서 가져온 선인장
LA 친구 집에서 병 속에 넣어온 알로에

주렁주렁 열린 고추

꽃 만발하게 피어 있는 화분들

사랑하는 애인의 눈빛처럼 나를 보고 웃는데

화살처럼 퍼붓는 빗줄기에 찢기고 상할까 봐

비 오는 날이면

나는 옥상으로 올라간다

흙 토담집

음력 섣달 스무 여드레
설 준비로 한산한 산책 길

머리 희끗희끗한 노 부부
따스한 정오에 꽃으로 피어라

남편은 뇌졸중 환자인 아내 손잡고
한 발 한 발 걸음마를 시킨다

햇살 가득한 휠체어를 한참 밀고 가다가
아내를 앉히고

사랑스런 눈으로 바라보며
소곤소곤 이야기 꽃을 피운다

비바람 휘몰아쳐도
무너지지 않는 흙 토담집

코스모스 길

내 마음 언저리에

머물러 있는 톨이

나를 바라보며 글썽였던 눈 빛

우리 다시 만날 수만 있다면

거칠어진 손 잡고

코스모스 피어 있는 언덕을

걸어 봤으면!

한라산 정상에 오르니

구름이 산허리를 감싸 도는

한라산 정상에 오르니

枯死木 구상나무 가지에 핀 눈꽃송이

"신선이 사슴을 타고 다니다 물을 먹었다"는

저 백록담은 落花로 하얗게 쌓였다

백설이 손짓하니

떠가는 구름도

깎아지른 사면 아래서 은빛 썰매를 타고

등산객들 목청소리에 한라산이 메아리친다

눈꽃 바람 스치며 오르내렸던

지친 여덟 시간

산의 정기 마시며 햇살로 일어선

내 발걸음

제4부 | 내 이름 정영남

내 이름 정영남

내 이름이 남자 이름 같아서 호적을 고치겠다고 고향 집에 내려갔던 어느 날 아버지는 "그 이름이 어떤 이름이라고 고쳐?" 천둥 낙뢰처럼 번쩍거렸다 아버지는 우리나라를 여지없이 짓밟고 강탈해 간 일본 해상을 지켜주는 해군이었다 아버지는 직속상관 앞에서 "朝鮮은 獨立해야 한다"고 소리치면 두들겨 패면서 "조센진! 獨立해서 너희 나라로 돌아가고 싶으냐? 칼로 목을 쳐서 재로 보내 줄까?" 저주하며 굴욕적인 폭언을 입버릇처럼 했다 한다 남의 나라에서 울분을 삼켜가며 혼신을 다해 맹종했던 대한의 아들이었다 "皇國臣民을 위하여!"라는 구호 아래 20대의 건장했던 해군들에게 주사기를 들이대 수 없이 피를 빼감으로 젊음은 휘청거렸고 高射砲를 맞으며 敵國 해상에서 시체로 둥둥 떠도는 해군 전우들을 보면서 아버지는 피 눈물을 쏟았다고 했다 히로시마에 투하된 원자폭탄의 거리에서 바람에 휘날렸던 낙진을 폐속으로 빨아들여 차곡차곡 채운 채 해방이 되었다 九死一生으로 살아서 돌아온 아버지! 우리 집 감나무 밑 제단에 꿇어앉아 "하나님! 장군 아들 하나만 낳게 해 주세요…" 비가 오나 눈이 오나 6개월을 밤하늘 별을 보면서 하루도 거르지 않고 기도하셨다 한다 나라 잃고 당했던 굴욕적인 모멸감을 회복하기 위해 아들을 낳아 장군으로 키우고 싶었다 임진왜란 때 이순신 장군과 함께 왜놈들과 맞싸웠던 해군 이영남 장군의 이름을 머리에 떠 올리며 내가 태어나기 전 정영남으로 작명해 두었다 한다 낙진은 아버지의 양쪽 폐를 다 녹여 버렸고 하늘 빛 희망은 회색 빛이 되어 평생을 신음하면서 살으셨던 아버지! 기대와는 달리 딸로 태어나 아버지의 꿈과는 멀고도 먼 빚을 안고 살아가는 내 이름 정영남

할머니

장대비 쏟아져 앞을 분간할 수 없는
여름에도
흰 눈 펑펑 쏟아지는
겨울에도
할머니는 마을 지나 들길 산길 휘돌아
혼자서 수남교회 가셨다

말 배우는 나 무릎에 앉혀 놓고
"지난밤에 보호하사 잠 잘 자게 했으니……"
찬송을 부르시며
가정 예배로 하루의 문을 열고

눈물로 뿌린 씨앗
촉촉이 적셔도
제대로 크지 못해 타는 목마름으로
먼 길 떠나셨다

더디게 자란 나무

가지가 휘어지도록 열매는 달렸건만

할머니는 말이 없다

어머니

옥색 저고리
진세루 치맛자락 바람결에 휘날리고
고운 자태 사뿐 사뿐
화사한 장밋빛

새 옷 단정히 입으시고
먹 갈아 붓글씨로 온 정성 다하여
동네 사람들 혼서지 써 주시던
어머니
인품 있는 사람으로 살으라고
예의범절 조용조용 가르쳐 주셨지요

홍역 바람 불어
어린 오남매 산천에 묻고
피멍들었던 어머니
다 큰 아들까지 하늘로 가버리니

아직도 써야 할 글

저편으로 접어두고

잿빛으로 변해 버린

내 어머니

한 맺힌 가슴이여!

날아가는 매미

매미 허물처럼 힘이 다 빠지도록 키운 딸이

결혼식 날 아침

"엄마 나 실감 안나"

허물 벗고 몸만 홀랑 빠져 나가듯

스물여덟 흔적 고스란히 남겨두고

푸른 동산 싱그러운 나무 찾아 날아가는구나

한여름 화창한 날

매미소리 들려오면

너를 찾아 이 산 저 산 헤매야 하는가

결혼식장에서

신랑 신부 큰절 받으니

두 줄기 눈물이 흘러 내린다

너울 속 새끼 매미도

두 눈에 눈물이 가득 고였네

"신랑 신부 새 출발이 있겠습니다"

눈물로 보낸

나의 매미

막내 딸 은주

어릴 때 재롱을 부리며
해맑은 웃음으로
언제나 엄마를 기쁘게 해 주었던
막내 딸 우리 은주

워십을 하면서
대학의 꽃이 되어 총애를 받더니
한때는
바람 앞에 등불처럼 꺼져갈 듯 가물가물 힘들어 하던 너를
엄마는 헤아리지 못했다

남산교회에서 목사안수 받는 김 서방을 보니
네 시부모님 사랑이 눈시울을 뜨겁게 하더라

세상일 다 접고
평생 주님 일 하려고 나섰으니
바울사도처럼

이 지구를 한 걸음 한 걸음 변화시키는

주의 일꾼들이 되어라

워십 : 학교 행사가 있을 때마다 찬양이나 율동으로 학교를 빛
내는 일

올케

모란꽃으로 벙글거리며
오월의 훈풍으로 다스리는 우리 올케

가난한 집 며느리로 시집 와
시부모님 잘 모시고 이십 년이 다 되도록
현모양처로 살아가면서
지금은
鄭씨 가문 대들보가 되었습니다

할머니 생전에
어머니가 그렇게 사시더니
그 가풍
받드는 효심은 대를 이어 갑니다

돌아온 어버이날에는
효부상으로 대통령 표창이라도 받았으면……
간절한 내 마음

제5부 | 오대산 진달래꽃

오대산 진달래꽃

조국을 지키려 나가던

열아홉

해철삼촌 가슴이

총구멍으로 뚫리던 날

벌건 진달래꽃도 오대산도 울었습니다

나라 위해 잘 싸우고 돌아오겠노라고

할머니 등 다독이며 떠났던 삼촌

한 줌의 가루로 얼굴 내민

흰 보자기 앞에

할머니는 오열하고 정신 잃었습니다

대한의 젊은 피를

먹고 자란 오대산 진달래꽃

해마다 그때의 소쩍새는 울어대고

삼촌 같은 소쩍새 우는 오대산

진달래꽃을 보러 나는 가야 한다

밤하늘의 별

사랑을 고백할 겨를도 없이

국가의 부름 받고

월남전에 참전한 김 소위

휴가 왔던 발걸음은

이사 간 집 빈터에 홀로 서서

이름만 불러보는 애절한 소리에

뒷동산에 쑥국새만 외로이 울었단다

제대하면 사랑을 고백하리라던

상상의 나래 속에

大洋을 건너 파도를 넘어

월남전 피비린내 나는 전쟁터에서

그리움이 폭염처럼 타올랐단다

열흘 후면 고국에 돌아가리라!

온 우주를 손에 쥔 듯

꿈 속 같은 황홀감에 밤을 지새웠다더니

砲煙에 날아가 버린 영혼

밤하늘에 별이 되어 울먹이고 있다

슬픈 하늘 빛

피 끓는 열여덟

푸른 꿈을 안고 사범이 되려고

태권도 겨루기 하다가

肝을 다쳐 투병 중에 의사도 손을 들어 버린

어느 날

"누나!

하나님이 나를 불러

엄마 아빠 예수 잘 믿으시다 천국에서 만나자고 해"

다시

여덟 살 된 어린 남동생 부르더니

"영래야! 형은 먼저 가는구나

내 대신 엄마 아빠 잘 모셔라 …"

부모님 부탁하고

피지도 못하고 꽃봉오리로

떨어져 버린 내 동생 춘래

같이 자랐던

그 시절이 떠오르니

네 이름으로 목이 메여

하늘도 슬픈 빛이구나!

장정애 권사님

싱그러운 스물셋

육이오는 서 있는 기둥 여지없이 뚫으니

힘없이 무너져 주저앉고

어린 자식 하나 없는

적막한 집터에 서서 사방을 바라본다

처자식 그대로 두고

혈혈단신 월남하신 삼십대 후반 박석순 목사님 수발하려고

첫발을 들여놓은 스물넷의 청춘

첫째는 하나님을 위해

둘째는 목사님을 위해 헌신하리라 다짐했던 길

길두교회 그 큰 교회당 마루를

거울처럼 닦으면서

교회 뜰 자갈밭에서 팽 열매를 한 알 두 알 주워냈다

집집마다 다니면서 전도하며

교인들의 가정을 돌아보며 젊음을 불살랐던 오십이 년

박석순 목사님은 하늘나라로 떠나시고

허허로운 빈집에서 저 천국 바라보는

신앙의 어머니 장정애 권사님!

박석순 목사님 영전에

금강산 산자락 온정각에서

반세기 동안 헤어졌던 이산가족의 상봉 울음바다

오십여 년을 남편 돌아오기만 홀로 기다렸던 남쪽의 아내는

재혼해 버린 북쪽의 남편 앞에서 긴 한숨을 쉬었다

치매 백 살 노모를 보고 간장을 도려내는 듯한

아들의 절규!

이산가족 상봉을 보면서

돌아가신 박석순 목사님이 떠올랐습니다

왕유산 숲 속에서 숨소리 죽여 가며 숨어 있을 때

미 제국주의 앞잡이라고 온산을 이 잡듯 뒤지는 내무서원들

오랫동안 먹지 못해 기진하여 쓰러졌다가

남으로 내려오는 피난민 대열에서

수류탄을 맞으며 구사일생으로 목숨을 건지셨다고 합니다

삼십대 후반 '고흥 길두교회'에 오셔서

홀아비로 평생을 목회하면서

고성중고등학교를 설립하여

후진 양성에 힘쓰시며 수많은 교회를 설립하여

영혼 구원에 혼신을 다하신 목사님

잠시 피했다가 가족의 품으로 돌아가겠다던 길이

단절된 채 반세기가 지나 버렸습니다

새들도 휴전선을 넘나들며 남북을 오고 가는데

산 너머 지척에 있는 북한 땅에 아내와 자녀들을

가슴에 응어리로 묻어둔 채 하늘나라로 가셨습니다

이제 경의선도 시베리아를 횡단하여

유럽까지 달릴 날도 멀지 않았는데

못다 이룬 슬픔 가슴에 묻어두고

하늘에서 만날 기약 믿고 가셨나요?

분단의 통한을 안고 떠나신

우리들의 성자시여!

왕유산 : 북한 소재

이라크 소년 알리

강자는 약자의 피를 부르고
부모 형제 먼지 되어 하늘에 오른다

전쟁 폭풍에 양다리 날리고
눈물 닦을 손등도 없는 알리 소년

뛰놀던 어린 시절 다시는 돌아올 수 없고
거들어 줄 살붙이 하나 없어
회오리바람 속에서 꿈틀거린다

사라져 가는 핏줄이나
한세상 살아야 하는 남은 자의 비참함이여!

비굴하게 잔가지까지 타작하려고
토마호크 미사일 퍼붓는 부시
창자까지 터져 버린 슬픈 사막의
알리 소년 눈빛이여!

제6부 | 하얀 깃발

시내산

"양치는 모세를
떨기나무 불꽃 속에서 부르시고
두 돌 판에 십계를 주셨던 산"

성지 순례객들은 해돋이를 보려고 새벽 한 시에 어둠을
뚫고 일어섰다
현지인 마부에 이끌려 낙타 등에서 암석 벼랑길을 한 시
간 동안 올라가다가
750 돌계단을 구름 사이로 걸어서 오르니 정상이 보였다

동녘에서 하늘 문 열리니
꽃보라 찬란한 무지개로
태양을 둘러싸고 떠오르는 붉은 광채
가슴 뛰는 새로운 광경에 순례객들은 광란의 물결로 출
렁거렸다

멀리 보이는 장엄한 봉우리들

풀 한 포기 없는 시내산 암벽 사이사이로 불씨가 눈부셨다

창조의 신비

하늘도 타고 시내산도 타고

내 몸에도 불이 붙어

불타는 머릿속이 新天地로 열렸다

하얀 깃발

이집트 베두인 마을 移動式 家屋 지붕 위에
'13세 처녀가 있으니 선 볼 남자 있으면 오시오'
갈매기처럼 하얀 깃발이 펄럭이고 있었다

달리는 관광버스가 흔들리고
이색적인 풍습에 남정네들 눈빛이
流星처럼 반짝였다

이집트 광야

배고픈 낙타의 울음처럼

슬픈 광야

내 마음 속을

낙타의 그림자가 지나가듯

해 설핏

관광 버스길은 멀기만 하다

불잉걸로 피어 오르는 끝없는 자갈밭에

〈출애굽〉 모세의 발자국 소리와

아우성치는 이스라엘 백성들의 원망 소리가 타고 있었다

나도 맨발이 되어

저 자갈밭을 걸어 볼거나!

사해

소금꽃 피는 언덕

이백 리 긴 호수

바람결이 싱그럽다

하얀 이빨 드러낸 미소 앞에

백색, 황색, 흑색 피부가 함께 웃는다

사해 물오리로 떠다니는 인종들

풍선처럼 즐겁기만 하다

나도 소금꽃 피는 언덕 아래

풍덩 뛰어들어

한 마리 오리가 되어 둥둥 떠다녔다

골고다 언덕

인류를 살리기 위해

주님이 십자가를 지고

한 발짝 한 발짝 올라가신

골고다의 언덕에 올리브 나뭇잎

바람으로 일어서는 그날의 함성

지금은 순례자들을 노리며

액세서리 팔겠다고 아우성치는

잡상인의 거리

물결치며 출렁이는 인파 속에

맑은 하늘이 아스라이 멀게만 느껴진다

광야의 기도

이스라엘 광야에서
밤이슬에 젖어 기도하시면서
처절하게 목마르고 주리셨던 밤낮 사십일
능력의 주님은 말씀으로 시험하는 자를 물리치시고
온 인류를 구원코자 승리하셨다

나
주님의 배고픔 알고자
외로운 배 한 척이 되어
드넓은 바다에 거센 파도와 싸우며
보름달처럼 하루하루 차오르는 사십일을
바라보고 있을 때

주님은 나를 향하여
"낮은 자리에서 섬기는 자가 되어라"
다정하게 속삭이셨다

비릿한 물 냄새 창자까지 뒤흔들어

목숨만 부지하고 헐떡거릴 때

주님 능력이 나에게 임하여

나는 주님 안에

주님은 내 안에 계셨다

황토 빛 강물

차오프라야 황토 빛 강물에
신으로 누비는 잉어 떼

세월 깃든 水上家屋
눈물 빛 햇살 무늬

고래고래 손 내저으며
떠 있는 쪽배 시장
물 비린내로 다가오고

검붉은 흙탕물 썩지 않고
살아서 숨 쉰 방콕의 젖줄

홍콩 야경

빌딩들이

강물 위에 드러누워

은은한 파도로 연주하듯

오색찬란하게 빛을 발하는

홍콩 야경

주롱새공원

조련사의 암시로
하늘을 나는 곡예사
너희들은 주롱공원의
웃음과 박수의 集體創作의 숨결

부리로 공을 넣는 농구시합
자전거를 타는 銀輪의 숨결

솟구쳐 올라와 링을 통과하여
양쪽에서 교란하면서
하늘에서 꽃으로 핀다

온 종일 뙤약볕 속
조련사의 암호에 감금된 채
고향을 잃는 푸른 숲의 꿈이
관중의 웃음소와 박수소리로 폭죽처럼 터진다

주롱새공원 : 싱가포르 소재

바탐섬 사람들

고기잡이로

평생을 사는 바탐섬 사람들

야자수 숲에 개발 바람 스치니

수준 높은 골프코스

줄지어 선 호텔들 솟아오르고

바닷길 열리지 않던 지난 날엔

가난을 天幸 인양 짊어지고 살던 사람들

새롭게 떠오르는 여행지로

세계 사람 밀물처럼 밀려들어

바람에 춤추는 파도처럼 온 섬이 두둥실 지폐 바람에 들떠 있네

에펠탑

아취 위에 탑을 올려놓은

에펠

네 개의 철다리 위에

하늘 향해 솟아오른

칠천 톤의 붕새

한때는 흔적마저 지우려 했던

슬픈 운명을 타고난

파리의 한복판에

추악한 철 덩어리

한 시간 걸어 올라가는 길

첨단기술로 몇 분이면 전망대에 올라

파리의 시가지가 파노라마로 펼쳐지는데

우주를 걷는 듯 현기증으로 휘청거리고

떨리는 다리 간질거린 발

햇볕에 반짝이는 철탑도

하늘을 찌르듯 웅장하더니

칠흑같이 어두운 밤

세느강 유람선에서 본 철탑은

살아서 춤추며

보석이 박힌 듯 황금빛으로 찬란히 빛난다

프랑스의 자존심

전 세계의 관광객이 끊임없이 몰려드는

황금알을 낳는 붕새

유럽으로 가는 길

고추잠자리 한 마리 창공으로 솟아오른다
땅은 솜털 구름으로 산을 이루더니
알프스로 쌓여간다

앞뒤를 알아볼 수 없는
희뿌연한 대기에
고추잠자리 더듬이가 영특하다

이리 저리 살살 휘젓고 빠지더니
사정거리가 눈앞에 들어온다

긴 여행
추락하지 않으려고
나도 더듬이를 점검한다

스위스

스위스는 꽃으로 피는 아름다운 나라

녹색 초원 위에 점으로 보인 빨간 지붕들

베란다마다 눈부신 햇살로 핀

화사한 꽃바구니의 물결

꽃을 가꾸는 저 사람들의 마음은

꽃보다 더 아름다운 美學입니다

폴란드 소금광산

8백 리

길고 긴 채굴통로 소금광산

지하 9층으로 내려가는 길

지금도 모여든 사람들에게 지동설을 설명하는 듯

오른손에 지구를 높이 들고

코페르니쿠스 암염 동상이 서 있다

어두운 소금호수에 희미한 조명이 비치고

쇼팽의 오케스트라가 울려 퍼지니

걸어가던 발길들이 들썩거렸다

헝가리 왕의 딸 킹카공주의 웅장한 소금 대성당

벽에는 못 박힌 예수님과 다른 聖像들이 정교하게 조각

되어 있었고

천정에는 소금 크리스탈 샹들리에가 보석처럼 빛나고 있었다

지하 박물관은 소금 채굴 칠백년 역사를 말해 주고

킹카공주, 방문 기념으로 괴테 교황 요한바오로 2세 소금

동상이 서 있다

'주 하나님 지으신 모든 세계…' 를 목청껏 부르니
소금 대성당 벽이 울리고 관광객들 박수갈채가 메아리쳤다

킹카공주가
폴란드 왕자에게 시집오면서 가지고 온 결혼 예물은
폴란드 나라를 칠백년 동안 먹여 살렸고
지금은 세계 관광 명소로 우뚝 솟은 소금광산이 되었다

도나우강

물빛 푸르른 도나우강

물살 가르며 달리는 유람선

船上에 서서 꿈 속처럼 바라보니

좌측에 첨탑 하늘을 찌를 듯 국회의사당이 위용을 자랑하고

우측에는 영욕을 같이했던 웅장한 부다왕궁이

역사박물관이 되어 관광객을 손짓한다

산마루에 노을이 스쳐가고

세체니 架橋의 야경은 찬란한 보석처럼

내 가슴을 밝히고 있었다

유럽 8개국의 젖줄인 도나우강

부다페스트 중심으로 기나긴 맥을 이어

七萬里를 적시며 흘러가는 대륙의 핏줄기

푸르디푸른 헝가리 도나우강은

언제나 변함없이

유럽의 심장으로 뛰고 있었다

슬로바키아 해바라기 농장

슬로바키아 해바라기는

나 어렸을 때 있었던 운동회 같은

어린이들의 群像

햇살 그을린 눈빛으로

승리감에 빛나고 있었다

먼 이국에서

흥분되는 열광의 도가니

청군 · 백군 만세소리

햇살 피어 오른

해바라기 농장으로 달려가

테이프를 끊고 싶다

천문시계

시청사 벽에
천동설을 기반으로
天體의 움직임과 시간을 알리는 시계

시계 위에서 창문이 열리더니
꾸역꾸역 몰려드는 인파를 내려다보며
열한 제자와 사도바울 인형이 천천히 걸어가면서
"죽음의 시간이 가까웠습니다!
회개하세요!"

몇 백 년을 계속하여
사회주의 어두웠던 시절에도
변함없이 외치는 광야의 소리

예수님을 모른다고 부인했던 베드로
닭 우는 소리에 통한의 눈물 뿌렸다는데
무뎌져 버린 양심을 향하여

지금도

시간마다 창문 위에서 닭이 울고 있었다

천문시계 : 체코 프라하 구 시청사 벽에 걸려 있는 시계

넥카강 칼테오도르 다리 위에서

숲과 성 사이에서 흐르는 넥카강

칼테오도르 다리 위에서 바라보니

젊은 청춘의 뜨거운 열기가

사방에서 뿜어 나오는 듯

하이델베르크 대학가의 당당한 기품

수려한 경관 속에

웅장하고 고풍스런 하이델베르크성은

무참히 짓밟히고 부서진 흔적으로

붉은 기운이 감돌고 있었다

괴테와 헤겔 철학자들이 걸으며

사색에 잠겼던 산책로가 단풍든 나무 사이로 펼쳐진다

짙게 풍겨 오는 철학적 향기를 음미하며

이곳을 찾는 관광객들의 발길도 역사의 흔적에 감미롭다

붉은 노을 사이로

노오란 은행잎이 한 잎 두 잎 곡선을 그리며

푸른 물줄기를 따라간다

사회주의의 시절에도

변함없이 흐르던 강물

이제 통일된 독일 야경은

보석처럼 펼쳐지며

물 속에서도 별빛으로 반짝거린다

넥카강 칼테오도르 다리 : 독일 소재

쉰 궁전을 돌아보며

아내를 즐겁게 해주는 것을
낙으로 알고 사는 남편과
백만 불 침대에서
열여섯 자녀를 출산한 마리아 테레지

정략결혼을 시켜
전쟁을 막고 유럽 전역을 막강한 권력으로
주무르려는 女帝

합스부르크 왕가의 통치가
영원하기를 목숨 걸었지만
교류하던 각 나라 유물들과
번쩍이는 금은 식기
1441개의 방으로 된 웅장한 쉰 궁전

그때의 영욕을 말해 주는 듯
오가는 사람들을 손짓한다

쉰 궁전 : 오스트리아 빈 소재

나비 한 점

UC버클리 대학교 캠퍼스

넓은 초록 잔디에

온몸 하얗게 드러내 놓고

햇살에 피부 태우고 있는 눈부신 나비

한 점

곁에서 수컷은 몸짓거리고

지나가는 사람들의 눈빛은

한쪽으로 쏠린다

시샘 바람 불어도

끄덕하지 않는

異國스런 못 박힌

나비 한 점

나비 한 점 : 대낮에 실오라기 하나 걸치지 않고 일광욕하는 긴
머리 금발소녀

출렁이는 금문교

푸른 바다 위에 떠 있는

세계에서 가장 아름다운 금문교

다리 아래 아스라한 태평양 바다

세찬 바람에 하늘빛 파도 일제히 일어서서

관광객들의 숨결을 살핀다

금문교 : 미국 샌프란시스코 소재

수영장에서

오월의 초록빛 실바람은
이 산 저 산 향기 실어 나르고
물결들도 노래하는 야외 수영장
흰색, 황색, 검은색 피부
푸른 잔디 위에서 살갗 태우고 있었다

출렁대는 물 속에서 인어가 되어
앞 다투어 물살 가르고
팔십 노구 할아버지도 산소기 달고
뽀글뽀글 水泡 뿜어내며
수달처럼 물 속을 달렸다

나도 물 위에 드러누워 솜털구름과 눈 맞추며
양손 휘돌리며 배영으로 밀고 다녔다

너도 나도 물짱치며 아우성대는 인파들
오월의 신록보다 더욱 생기 넘쳤다

수영장 : 미국 샌프란시스코 UC버클리大 야외 수영장

일본 도자기의 명가

일본 가고시마 沈壽官家 입구에는
태극기가 펄럭이고
15대를 외아들로 이어오며
한국 고유의 성을 지키면서
'14대 심수관' 이라고 쓰인 문패는
고국의 향취가 물씬 풍긴다

나무그릇만 사용하던 일본 사람들
수준 높은 조선 도자기의 강탈로 일어섰다
일류 기술자만 선정하여
도예공들과 함께 끌려온 남원의 심당길
사쓰마스에서
정교한 조각기법, 고도의 투각기술, 화려한 금채기법에
목숨 걸었다

14대 심수관은
"지난번 대통령으로는 사백년 만에 처음으로 방문하여

조국이 우리를 버리지 않았구나! 감격하여 울었는데 오늘
은 두 번째로 높으신 대법관님이 오셔서 이 망건을 보입니
다” 세계거석문화협회원 일행에게 사백년 전 임진왜란 때
조상이 머리에 쓰고 온 망건을 보이면서 “강제로 끌려와
부모형제 볼 수 없는 낯선 곳에서 멸시와 천대를 받으며 말
도 알아듣지 못하고 묵묵히 일만 했을 그때의 할아버지를
생각하면 눈물이 절로 나옵니다” 라며 눈물을 글썽거렸다

一代부터 十四代까지
한국 이름으로 표기한 본인의 사진 밑에 진열해 둔 대표
작품은
사백년 대물려 내려온 기법을 한눈에 볼 수 있었다

세계에 널리 알려진
일본을 대표한 사쓰마야키 도자기는
끊을 수 없는 대한의 핏줄이요
도적맞은 한국의 얼이었다

유니버설 스튜디오

세계 최대 영화 촬영소
LA 유니버설 스튜디오

건너던 다리가 부서지고
강에서는 사람이 허우적거리고
터널 속에서 추락하면서 불탄 헬리콥터
내 간담을 서늘케 한다

지진이 일어나고
천둥번개 번쩍이면서
대홍수 나는 강가를 햇살로 빨아들인다

해수욕장과 바닷가 모래밭
그대로 옮겨다 놓은 세계 각국 건축물들
영화에서 사용되는 특수 효과와 각종 세트장
현실로 혼동하도록 빨려 들어간다

언제나 우리나라는 映像으로
미국을 추월할 것인가
돌아서는 내 발걸음은 무겁기만 했다

제7부 ㅣ 아침 해로 솟아올라라

아침 해로 솟아올라라

― 2003. 12. 8. 군포시 대야동 도서관 개관에 부쳐

수리산 산자락에

사뿐히 날아앉은

온 세상의 지식의 샘

아침 햇살로

눈부시게 솟아올라라

모든 도서, 첨단정보, 천체관측

대야동의 지식의 샘

끊임없이 마시며

간 곳마다 정기로 나부껴라

세계가 한 눈에 보이도록

예리하고 날카로운 지혜의 눈으로

온 정성 다 바쳐 갈고 닦아

아름다운 세상 위에 마음껏 쏟아내자

지혜의 보고로 가득 채워질

우리의 전당

인류의 횃불 밝히는

풍성한 지식의 샘터 되어라

故 오병학 목사님 추모시

- 2005. 10. 25.

故 오병학 목사님은

교사로 시인으로 학자로 주의 종 목회자로 예수님 말씀

대로 살다 가셨습니다

고흥에 있는 고성중고등학교에서 학생들을 가르치셨고

목회현장에서 일하면서 찬송가를 작사하고 〈호크마〉 주

석을 쓰셨으며 〈마음의 길〉을 위시하여 50여 권의 책을

집필하신 목사님!

극동방송 설교자로 설교하실 때마다 은혜가 넘쳤고 흑룡

강과 러시아 한인들의 요청으로 몇 년을 더 연장하여 설

교하셨던 목사님! 언론인들을 일깨우시며 어려운 교회마

다 부흥회로 잠자던 영혼을 일깨워 심령의 변화를 시키

셨던 목사님!

제자들은 목사로, 장로로, 권사로, 집사로 또는 여전도회

장으로 교회 중진이 되어 봉사하며 공무원으로, 회사원

으로, 자영업으로, 사회 각계각층에서 눈부신 활동을 하
고 있습니다

인류의 죄를 지고 십자가를 어깨에 메고 골고다의 언덕
을 한 걸음 한 걸음 올라가신 주님의 뒤를 따르셨던 故 오
병학 목사님!
다시는 이 땅에서 뵈올 수 없지만 우리들의 가슴 속에 한
알의 밀알로 영원히 남아 있습니다

부디 천국에서 영원복락 누리소서!

목사 안수 받는 날

- 2006. 4. 8. 기독교 대한성결교회 경기서지방회 강종태, 이만행, 이주일,
  조성훈 목사 안수에 부쳐

하늘의 권세로 다시 태어나

거룩한 은총으로 기름 부음 받는 날

하나님의 은혜 생각하니 가슴이 메입니다

만백성의 죄를 지고

무거운 십자가를 어깨에 메고

골고다의 언덕을 한 걸음 한 걸음 올라가신 주님

물과 피를 쏟으시고 고개를 떨어뜨리실 때

온 인류를 살리셨습니다

떨기나무 불꽃 가운데서 부르시는 주님

죄악의 거센 풍파 어두운 질곡의 늪으로

"내가 누구를 보내며 누가 우리를 위하여 갈꼬"

주여

"내가 여기 있나이다 날 보내소서"

"주는 그리스도시요 살아계신 하나님의 아들" 이라고

사중복음 깃발 높이 들고

세파 속 휘젓고 다니면서

한 생명 한 생명 찾아 몸부림침이여

새벽 여명 하나님 앞에 엎드려

"귀로 듣기만 하던 주를 직접 눈으로 보면서"

선조들의 위대한 신앙 이어받아

성령의 권능으로 이 시대를 살림이여

소명의 불꽃 활활 태우며

평생을 겸손한 마음으로

사명에 살고 사명에 죽게 하소서!

평생을 겸손한 마음으로

사명에 살고 사명에 죽게 하소서!

정영남 詩의 반클리셰(反cliché) 기법
- 제1시집《나 푸른 강물로 가리》평설

李秀和
시인 · 문학평론가 · 국제펜클럽 한국본부 부이사장

1.

정영남 시(鄭英南 시인의 시)는 작품(텍스트) 내용과 형식의 위일융합론인 일원론적 미학을 추구한다. 따라서 정영남 시의 시 미학은 포에지(시정신)의 견고성과 그 그릇인 형식미의 아름다운 구현으로 완수된다. 73편의 이번 시집《나 푸른 강물로 가리》(2006년 지구문학사 刊行)에는 정영남 시의 저러한 텍스트 내용과 형식의 아름다운 일원론적 미학이 매우 독특한 어법에 의해 형상화 되고 있음을 본다.

우선 다음과 같은 절실한 페미니즘 내용과 상징형식의 위일융합된 미학은 너무나 독자의 의표를 찌른다.

숲 속 연못가에
올챙이 시절에도 깊은 곳 어디든지
마음껏 다니면서 자유로이 살았던
초록빛 예쁜 암개구리

어느 날

싱그러운 잔디밭으로 뛰어드는 순간
혀를 날름거리며 슬슬 노려보는 뱀들 앞에
한숨을 짓다가

순식간에
뱀 등으로 뛰어 올라
푸른 숲 속 휘저으며
휘파람 불고 다닌다

— 〈초록빛 암개구리〉 全文

例詩는 시인이 '암개구리'를 여성 상징물(오브제)로
내세워 남성사회에 의해 자유롭지 못한 삶을 영위해 오
는 여성주의(페미니즘) 해방의식을 내용(주제)으로 형상
화한 상징주의 형식의 텍스트이다.

첫 연에서, 사실 우리 여성은 암개구리처럼 숲 속 연못
같은 곳에서 올챙이 시절(시집가기 전, 또는 역사 시원의
시간)에는 자유로운 삶이었으나, 제2연에 蛇蝎을 날름대
는 뱀(남성우월주의 상징물) 앞에 자유롭지 못하게 됐다.
그런데, 여기까지의 정영남 시 반클리셰(反진부성의 표현
기법)도 놀라지 않을 수 없겠으나, 마지막 스탠자(聯)의,

순식간에
뱀 등으로 뛰어 올라
푸른 숲 속 휘저으며
휘파람 불고 다닌다

―는 암개구리(여성주의 페미니즘 오브제)의 경천동지
할 兩價現相 이미저리는 또 얼마나 놀라운 미학일 것인
가. 정영남 시의 비판적 페미니즘은 예시 후발 라인, "뱀
등(남성 우월상황)에 올라 휘파람 불고 다니는" 새타이어

(풍자)에 극명하게 드러나고 있는 놀라운 솜씨의 상징 이 미저리가 아닌가 한다.

이와 같은 정영남 시의 페미니즘은 저러한 양가의식 (여성주의에 대한 비판성)으로 인해 다음 章에서 살필 작품 〈내 이름 정영남〉외에는 더 이상 전개되지 않는다. 따라서 정영남시의 내용과 형식은 本章에서 세세히 살필 작품군의 계열화에 따르자면, 우선 페미니즘과 리리시즘, 그리고 人倫詩, 宗敎詩, 紀行詩 등으로 분류가 가능하리라 본다.

2.

정영남 시인의 시집《나 푸른 강물로 가리》에는 앞서 지적했듯 73편의 고르게(even) 거둔 작품군이 편성된다.

제1부에 〈살아서 돌아온 서울의 심장〉 외 8편, 제2부에 〈나 푸른 강물로 가리〉 외 5편, 제3부에 〈초록빛 암개구리〉 외 18편, 제4부에 〈내 이름 정영남〉 외 5편, 제5부에 종교시들, 제6부에 기행시들, 끝으로 제7부에 禮詩가 포진돼 있다.

이 소론에 例詩로 全文을 다 인용하는 작품들의 텍스트 우월성에 압도되어 아직 폭염의 잔서가 글 쓰기의 고행을 더욱 부채질하는 상황 속애서도, 내 운필의 속도감을 더해 준 것은, 정영남 시의 빛나는 반클리셰(反cliché) 문학 정신이다.

우선, 前章 페미니즘에 관련된 작품부터 살펴야 하리라.

내 이름이 남자 이름 같아서 호적을 고치겠다고 고향 집에 내려갔던 어느 날 아버지는 "그 이름이 어떤 이름이라고 고쳐?" 천둥 낙뢰처럼 번쩍거렸다 아버지는 우리나라를 여지

없이 짓밟고 강탈해 간 일본 해상을 지켜주는 해군이었다 아
버지는 직속상관 앞에서 "朝鮮은 獨立해야 한다"고 소리치
면 두들겨 패면서 "조센진! 獨立해서 너희 나라로 돌아가고
싶으냐? 칼로 목을 쳐서 재로 보내 줄까?" 저주하며 굴욕적
인 폭언을 입버릇처럼 했다 한다 남의 나라에서 울분을 삼켜
가며 혼신을 다해 맹종했던 대한의 아들이었다 "皇國臣民을
위하여!'라는 구호 아래 20대의 건장했던 해군들에게 주사기
를 들이대 수 없이 피를 빼감으로 젊음은 휘청거렸고 高射砲
를 맞으며 敵國 해상에서 시체로 둥둥 떠도는 해군 전우들을
보면서 아버지는 피 눈물을 쏟았다고 했다(……略) 九死一生
으로 살아서 돌아온 아버지! 우리 집 감나무 밑 제단에 꿇어
앉아 "하나님! 상군 아들 하나만 낳게 해 주세요…"(……略)
임진왜란 때 이순신 장군과 함께 왜놈들과 맞싸웠던 해군 이
영남 장군의 이름을 머리에 떠 올리며 내가 태어나기 전 정영
남으로 작명해 두었다 한다 (……略) 기대와는 달리 딸로 태
어나 아버지의 꿈과는 멀고도 먼 빚을 안고 살아가는 내 이름
정영남

— 〈내 이름 정영남〉 全文 (극소 부분 생략)

예시한 바와 같이 이 산문시는 산문시다운 자질로서나
또한 정영남 시의 페미니즘 詩 내용과 형식이 잘 위일융
합된 텍스트성을 담지한다.

특히, 그 서사력은 제재성에서나, 구성면에서 거의 완
벽을 지향한다는 점은 대사의 삽입과 서술문의 조화에서
반증된다.

내용면에서 이 텍스트는 화자의 부친이 남다른 애국주
의로써 따님에게 '정영남'이란 남성성의 이름을 지어준
당위성도 타당하고, 부친과 화자의 줄생 당시에 아버지
가 딸에게도 남성성의 이름을 지어주던 관습도 일반적인

타당성이 있음을 우리는 인정해야 한다.

그런데, 그럼에도 불구하고 이 시의 후말 라인에는 (아버지의) "기대와는 달리 딸로 태어나 아버지의 꿈과는 멀고도 먼 빛을 안고 살아가는 내 이름 정영남"이라는 것이다.

일견 페미니즘 恨歎詞 같기도 하고, 부친의 遺志를 받들지 못했다는 고유시 같기도 한 것이다. 어쨌든 화자인 여성 정영남(자연인)이 평생동안 남성성의 이름으로 인해 겪었을 애환은 분명한 페미니즘에 해당한다. "빛을 안고 살아가는 내 이름 정영남"이라는 문장 끝에 마침표가 없다는 사실은 더욱 이 시의 페미니즘 사상을 암시하는 대목이 아닌가 사료된다. 어떤 내용(주제)의 시든 이 텍스트는 산문시로서의 형식미를 완결한 보기 드문 力作 散文詩가 아닐까 한다. 이 시와 관련해 살펴봐야 할 시가 〈나 푸른 강물로 가리〉라는 시집 표제의 작품이겠다.

　　당신은 언제나 푸른 강물입니다

　　목마른 나에게
　　생수를 먹이시고

　　사월의 포근한 햇살로
　　살포시 껴안아 주셨습니다

　　젊은 날의 고운 꿈
　　이루지 못하고

　　가냘픈 어린 것들 팔에 뉘여
　　옛이야기 들려주며
　　힘들어 할 때

　　당신은 내게 말씀하셨습니다

"발목만 물에 잠긴 네 모습을 보라"

당신은 나에게 푸른 강물입니다
가슴과 머리까지 푹 잠겼으면 좋겠습니다

하고 싶은 일 제대로 하지 못하고
부화를 기다리는 어미닭 같은 심정으로
오래 참고 살아갈 때
피보다 진한 것이
사랑이라는 것을 알게 하신

당신은
나에게 푸른 강물입니다
— 〈나 푸른 강물로 가리〉 全文

이 시의 내용은 최종 스탠자 서브코다에 보이는 '피보다 진한 사랑' 이겠다. 그런데, 화자가 '당신' 이라 호명한 그 '당신' 이 누구냐? —하면, 화자가 자답하고 있는 '푸른 강물' 이 '당신' 임에 분명하다. 말하자면 언제나 푸른 강물 같은 당신이라고 당신을 은유하고 있는 것이다.

그리하여 제목 〈나 푸른 강물로 가리〉 그랬으니까 '나 당신에게로 가리' 라는 풀이가 가능한 것이다. 그렇다면, 저리로 다시 에돌아가 '당신' 은 누구냐? 연인이냐? 남편이냐? 아내이냐? 아니 종교적 믿음의 대상이냐? 분명한 것은, 이 시는 절대적 신앙의 대상임을 암시한다.

마지막 스탠자의 '사랑' 상징성은 절대 신앙의 사랑으로 보아진다. 그렇다면 화자 정영남은 오직 신앙의 시인인 까닭이겠다.

여러분, 이 시집 표제시(시집 제목)도까시 클로스입시키고 있는 시, 〈나 푸른 강물로 가리〉의 '당신' 은 '하나님 아버지' 란 구체적 이미지로 바꿔 읽어보시라. 얼마나 눈물겨우리 만치 따사로운 아가페(agape)적인 사랑인가? 그런데,

보랏빛 무지개를 보다가
어느 날은 짙은 안개 속에서 서성댄다

말씀 속에 계시며
어둠을 헤치고 등불을 밝히신 당신을
날마다 바라봅니다

새벽 이슬 내릴 때부터
밤이 깊도록
내 마음은 당신을 향해
창문을 열어 두고 있습니다
— 〈마음의 窓〉 全文

보시라. 위 시 〈마음의 窓〉에 '당신' 과 저 앞 〈나 푸른 강물로 가리〉에 '당신' 은 너무나도 확연하게 표시나지 않는가.

"말씀 속에 계시며/ 어둠을 헤치고 등불을 밝히신" '당신' 은 절대적 신앙의 정신적 아버지인 것이다. 이 시집의 정영남 시에 나오는 '당신' 에 대한 독법은 거의 틀림이 없겠다. 예시 〈마음의 窓〉 후말 두 행 또한 빛나는 레토릭(修辭學)이 아닐 수 없겠다. 위와 같은 1장과 2장 앞서 제목들로 종합해 볼 때, 정영남 시의 내용과 형식이 위일 융합하는 지점이야말로 정영남 시인의 시세계를 응축해 볼 수 있는 단서가 될 터이다.

다음과 같은 걸작을 읽으며 논의해 본다.

순천만 갈대밭은
술보다 바람을 더 좋아하여
비틀거린 맛에 사는 바람둥이

아무리 세게 밀고 당겨도
끝내 넘어갈 듯하다 일어서는 건달

은 꽃가루 휘날리며 손짓하는 미소로
바람이 불면 또 몸을 비튼다

노을빛 타는 속에
피리 부는 악사
이만하면
건들건들 멋쟁이 기풍 아닌가

— 〈갈대〉 全文

인간이 생각하는 갈대라 갈파한 이는 블레즈 파스칼
(Blaise Pascal, 1623~1662)이다. 그는 사람들에게 그리스
도교의 진리를 호소하기 위해 쓴 수백편의 단상을 모은
책《팡세, Pensées》에서 인간의 지식의 한계를 말한다.
　우주의 끝인 무한대와 물질의 궁극인 미세 세계는 인간
의 지식이 미칠 수 없다. 이 최대와 최소의 중간에 떠 있
는 인간은 불어오는 바람(태풍 따위)에도 쓰러지는 덧없
는 존재이다. "인간은 한 포기의 갈대에 지나지 않는다.
그렇지만 그는 생각하는 갈대이다" 라는 것. 죽음을 향해
있는 존재가 인간이라는 말이다. 이와 같은 진리를 염두
에 두고 정영남 시 〈갈대〉를 읽으면, 이 시가 왜 걸작인
가에 읽는 이 스스로 고개가 끄덕여지리라. 아주 멋진 인
간 어리석음의 풍유다. 불과 11행, 서른 세 마디 내외의

시 1편으로 정영남은 저 파스칼보다도 아름다우리만치 어리석은 멋쟁이 건달(인간)을 노래하고 있음이다. 놀랍다. 재독 삼독 …… 늘 읽고 싶은 절창이겠다.

① 모란꽃으로 벙글거리며
　오월의 훈풍으로 다스리는 우리 올케

　가난한 집 며느리로 시집 와
　시부모님 잘 모시고 이십 년이 다 되도록
　현모양처로 살아가면서
　지금은
　鄭씨 가문 대들보가 되었습니다

　할머니 생전에
　어머니가 그렇게 사시더니
　그 가풍
　받드는 효심은 대를 이어 갑니다

　돌아온 어버이날에는
　효부상으로 대통령 표창이라도 받았으면……
　간절한 내 마음

② 땅! 땅!

　당신 가슴에 못 박는 소리
　두 손
　두 발에
　피를 흘리시다

　뚝! 뚝!

　당신은 내 입에
　피를 떨어뜨리시고

　　두 손
　　두 발에서
　　피를 흘리시다

　　당신의 목은 꺾이어지고
　　나와 인류를 살리시다

　③ 이집트 베두인 마을 移動式 家屋 지붕 위에
　　'13세 처녀가 있으니 선 볼 남자 있으면 오시오'
　　갈매기처럼 하얀 깃발이 펄럭이고 있었다

　　달리는 관광버스가 흔들리고
　　이색석인 풍습에 남정네들 눈빛이
　　流星처럼 반짝였다

　예시 ①은 人倫詩 〈올케〉, ②는 종교시 〈못 박는 소리〉, ③은 기행시 〈하얀 깃발〉이다. ①이 정영남 인륜주의 시들인 〈할머니〉, 〈어머니〉, 〈날아가는 매미〉, 〈막내딸 은주〉, 〈오대산 진달래꽃〉 등, 여러 가족 혈친들에 대한 獻詩類의 대표적 리리시즘 시라면, ②는 〈해금강 바위 尖端 십자가〉, 〈十字架를 지고 가다〉, 〈소망〉 등의 주로 기독교 소재 종교시의 대표시다. 그리고 ③은 〈황토빛 강물〉, 〈홍콩 야경〉, 〈주롱새공원〉, 〈바탐섬 사람들〉, 〈유럽으로 가는 길〉, 〈에펠탑〉 등, 제 6장 전부를 점유하고 있는 다량의 기행시 대표작이다.

　정영남 인륜시는 예시 ①에 보이듯 한국시사 100년간 나로서는 읽어본 일이 없는 제재다. 시로써 잘 승화된 시심과 단정한 형식에 구현된 형상성은 매우 안정된 어조로 읽는 이의 공감도를 드높이고 있다. 예거한 제목의 인륜시군은 탓할 바 없는 인류주의 시군을 이루고 있다. ②

群의 기독교 사상을 내용으로 하는 종교시들, 특히 예시한 〈못 박는 소리〉는 1연 첫 라인의 땅! 땅!, 2연 첫 라인 뚝! 뚝! 이라는 의성 메타포어는 갈보리 산상 십자가에 못 박히는 그리스도의 인류를 위한 순교 사실을 선명한 현장감(이미지)의 아우라(aura)로 제시해 주고 있다. 그리하여 최종 스탠자에서는 절정의 감동을 안겨주면서 거기에 인류라는 거대한 이미지에 '나' 즉 시인 그리고 독자 개개인을 합류시키는 리얼리티를 획득한다. 더구나 각 스탠자의 빈사 종결어사를 영구 진행 시재로 처리한 점 등은 탁월한 것이다. 왜냐하면, 그리스도와 같은 인류구원의 희생은 영구히 인류와 함께 존재해야 할 큰 정신이기 때문이다. 여타 많지 않은 정영남 신앙시의 감동은 도그마(교리) 홍보차원을 훨씬 뛰어 넘는 작품성을 획득하고 있다. ③군류의 〈하얀 깃발〉 등, 다량의 기행시군도 시다운 시의 자질을 한치도 벗어나지 않는 평균율을 얻고 있다.

예시에서 보이듯 1연의 기행시 요건인 새롭고 낯선 소재(대상)의 발견은 너무나 값진 것이며, 2연의 비유법은 정영남 기행시만이 획득하고 있는 촌철살인적 이미지즘 기법이다. 남정네들 눈빛이 그냥 반짝인 것도 아니고, 流토처럼 반짝였다니, 그것이 1연의 ' ' 속 이미지와 연결되는 이미지이고 보면 너무도 놀라운 컨시에트(기상) 수법인 것이다. 많은 정영남 기행시가 이 〈하얀 깃발〉과 같이 기행 화자의 견문록이나 여행 과시 따위가 아닌 작품마다의 문학성(내용과 형식의 위일융합)에 매우 直逼해 있다 하겠다.

이상과 같이 정영남 시의 다양한 면모를 살펴온 결과 한 마디로 그의 시세계를 명제화한다면, '클리셰(cliché,

진부한 표현)에 反動하는 모더니스트' 라 하겠다. 이제 또 하나의 그 성취작을 숙독하면서 척박한 해설을 가름코자 한다.

시퍼런 바다에 날으는
나비 한 점

젖내음 그리워
물이랑 기울기울

어쩌다 핏줄로
세파에 던져진
피비린 사연들

사나운 파도 속에서
헤엄쳐 나오려고
가파른 숨결로 사생결단한다

— 〈파도타기〉 全文

'S보육원에서' 라는 서브 메타 텍스트가 붙은 〈파도타기〉 전문이다. 片石村의 문학사적 모더니즘 시 〈바다와 나비〉에 필적할 만한 정영남 모더니즘 詩群의 대표작이다.

김기림은 바다라는 현대문명의 심연에 끝끝내 익사하지 않고, 지쳐 버리긴 했어도 가녈핀 목숨을 건져 올리는 현대인을 나비로 보았지만, 정영남은 보육원의 어린 목숨들로 상징하고 있다.

김기림 · 정지용 · 김광균으로 이어지면서 클리세에 반동하는 정영남 시의 저 〈파도타기〉, 〈갈대〉, 〈초록빛 암개구리〉와 같은 그의 탁월성의 모더니즘 시가 지속적으로 전개되기를 기대하면서 망언다사하는 바이다.

정영남 시집
나 푸른 강물로 가리

·

지은이 / 정영남
펴낸이 / 김정희
펴낸곳 / **지구문학**

110-122, 서울시 종로구 종로2가 39 뉴파고다 빌딩 315호
전화 / (02)764-9679
팩스 / (02)764-7082

등록 / 제1-A2301호(1998. 3. 19)

초판발행일 / 2006년 9월 27일

ⓒ 2006 정영남 Printed in KOREA

값 7,000원

E-mail/jigumunhak@hanmail.net

※잘못된 책은 바꿔드립니다.
※저자와의 협약으로 인지는 생략합니다.

ISBN 89-89240-16-6 03810